AF319857

HECTOR FLEISCHMANN

Le Massacre d'une Amazone

QUELQUES PLAGIATS DE M. JEAN LORRAIN

Préface de **HAN RYNER**

GENONCEAUX & Cie, éditeurs

4, PLACE SAINT-MICHEL, 4

PARIS

MCMIV

Le dessin de la couverture de
cette plaquette
est de A. ROUVEYRE

JUSTIFICATION DU TIRAGE:

PRÉFACE

Mon cher ami,

Votre « Massacre d'une Amazone » m'apporte une joie. Vous savez de quelle espérance à peine hésitante j'aime votre jeunesse. Vous me paraissez un des rares qui osent toujours et savent toujours dire toute leur vérité. Vous avez le courage qui empêche d'hésiter avant. Vous aurez, j'en suis de plus en plus certain, le courage de regretter après. Votre conscience, clair flambeau, maintenu bien droit, inonde de lumière la voie où vous entrez; les renoncements auxquels vous consentez, les engagements que vous prenez envers vous-même. Si je vous connaissais moins, j'avoue que vous me feriez peur un peu. Car, plus que tout autre infirme, je plains le héros manqué : il prend d'abord une attitude plus noble que sa nature, puis, incapable de la garder jusqu'au bout, il part trop tard pour la chasse au profit matériel. Cet être flottant se prépare une vie déchirée entre deux remords, dont aucun ne sera beau. Renégat de lui-même, il sera puni deux fois et n'obtiendra même pas les pauvres satisfactions qui comblent, parce qu'ils furent lâches à temps, de moins doués que lui.

En attaquant aujourd'hui avec une verve si vigoureuse un des puissants du journalisme et en dédiant cette page à un Isolé volontaire, vous dites très haut, comme un homme bien sûr de ne jamais se contredire, et ce dont vous ne voulez pas et ce que vous voulez. Vous ne voulez pas de la saturnale qui conduit au succès, vous ne voulez pas abaisser le dieu qui est à votre sommet sous le commandement des intérêts serviles. Au lieu de faire, comme la plupart de votre talent qui s'éveille, le souple valet d'une carrière extérieurement heureuse, vous proclamez que vous mettrez toujours toutes vos forces fières au service de votre talent et de votre vérité. Debout, vous faites — et c'est pourquoi je vous serre la main avec émotion, — la plus belle et la plus virile des prières du matin.

HAN RYNER,

A Han RYNER

qui, vigoureusement et sans crainte, massacra d'autres amazones, avec ma fervente et toujours fidèle amitié.

H. F.

On assassine le grand homme

... notre national Jean Lorrain,
écrivain d alcôve et d'écurie.
(Passim)

Inter Socratinos notissima fossa
cinœdor.
                    Juvénal, sat. II.

La plus notoire des latrines.

LE MASSACRE D'UNE AMAZONE

Le cas de M. Jean Lorrain me laisse en une certaine angoisse. J'ai bien peur d'avoir à faire à un inconscient ou à un cynique. J'aime à croire que M. Paul Duval relève plutôt de la pathologie. Mais, je me suis promis de dire au mépris de tout et de tous, ce que je pense de certains aigrefins, porte-coton, matassins et acrobates, qui ont pris depuis quelques années la littérature comme champ d'exercice. M. Lorrain est parmi ces industriels et comme tel il me plaît d'étudier quelque peu son cas. Je me suis vu, à cet effet, impartir le redoutable supplice de lire la douzaine de volumes qui composent la bibliothèque-bidet de ce jongleur.

Ce qui frappe dès l'abord en M. Duval-Lorrain, c'est son manque absolu de syntaxe et sa colossale ignorance du français, de l'histoire et des autres connaissances nécessaires à l'emploi qu'il prétend occuper en les feuilles publiques où sa prose voisine avec les grises lignes de Barrès et le détail des toilettes de Mademoiselle Otéro, demoiselle de luxe considérable sur la place de Paris et, à qui les michets américains n'ont pu inculquer les belles manières chères aux Gyp du noble faubourg.

Comme les gentilshommes du *Gaulois* qui donnent Louis XII pour père à François Ier, M. Lorrain possède des qualités d'historien hors ligne. Jugez-en par ce morceau digne des plus beaux écrins : « La pièce, c'est la « faveur et la disgrâce de Robert d'Essex, le caprice « d'une vieille femme amoureuse et la légendaire jalou- « sie de la *Catholique* Elisabeth contre tout ce qui était « beau, loyal et hardi, avec, à la cantonnade, les noms « de Philippe Ier et de Marie Stuart (1) ». Le plus cancre des potaches au sort desquels présidaient jadis MM. Bruneti et Lemaître, répondrait à coup sûr qu'Elisabeth Tudor fut protestante et le premier Larousse ouvert vous l'aurait appris, M. Lorrain. Il est évident que pour les calicots du *Bon Marché*, les articles du frère de M. Loti, dit le Viaud, doivent être « d'une jolie force ». Il est curieux de constater que c'est parmi la canaille que M. Lorrain jouit d'une grande célébrité, les déshabillages bi-hebdomadaires de Madame de Pougy dans les *Pall-Mall* lui ont acquis une complaisante et ordurière admiration. Après avoir signalé la magnifique ignorance de l'histoire dont s'honore M. Lorrain, il est utile et nécessaire de montrer celle qu'il professe en syntaxe.

---

(1) Jean Lorrain, *Journal*, 9 avril 1898.

Comme M. Brunetière qui ignore l'anglais et qui en profite pour en faire un copieux usage, M. Lorrain emploie à tort et à travers des mots qu'il ne comprend guère lui-même. Voici une phrase savoureuse, à déguster lentement, avec la dévotion due aux belles choses et aux œuvres de M. Paul Déroulède : « Et devant le morne paysage aulique, paysage de théâtre et de convention avec ses files d'obligatoires statues « *au pied des boulingrins.* ». Tout le monde, excepté M. Jean Lorrain, sait que boulingrin, venant du terme anglais bow-ling-green, signifie : pelouse de gazon. Et comprenez-vous la singulière position de ces statues souterraines, *au pied des boulingrins?* Mais, croyez-vous que cela puisse arrêter cet infatigable plongeur dans le bocal aux perles ? Vous vous tromperiez grossièrement, car M. Lorrain récidive et on peut lire : « ... à nostalgiser un eunuque (1) ». De telles pauvretés font douter quelquefois de la mentalité des lecteurs et de leur excessive tolérance.

.˙.

M. Jean Lorrain, après avoir végété quelques années dans l'obscurité des revues paraissant deux fois, se découvrit un jour « une belle âme » de journaliste. Et comme les occasions étaient favorables, il en profita avec une habileté extraordinaire. Une place restait vacante dans l'immeuble journalistique, M. Lorrain la prit d'assaut — si j'ose m'exprimer ainsi, en présageant

____

(1) Raitif de la Bretonne, *Joies de Paris, Journal*, 3 juin 1901, 4ᵉ colonne.

peut-être trop de sa vigueur. — Et c'est ainsi qu'un beau jour, il se promut concierge, préposé à toutes les confidences de basse cuisine, des histrions des lettres et des grues de haute volée. Par lui, nous apprîmes les charmes divers de Mademoiselle Odette Valery, dont les appas nous furent minutieusement décrits avec la parfaite compétence usitée en ces choses et les bidets de Mademoiselle Emilienne d'Alençon, l'alcôve de Bob Walter et les intimes pensées de M. Barrès, n'eurent plus de secrets pour nous. Mais, M. Lorrain voulut avoir une originalité. Il n'est pas permis à tout le monde de posséder le toupet de M. de Rochefort, ou d'être gendre comme M. de Flers. Alors, M. Lorrain se choisit des bagues, des mœurs particulières et le plagiat. Avec ces ornements divers, il tenta la conquête du boulevard, des snobs des tavernes, des boyaudiers de Vaugirard et des cochers de fiacre.

Il aurait fallu susciter d'imprécatoires périodes pour blasphémer les Dieux qui auraient refusé au cher ami de M. de Phocas, la gloire due à de si nobles et extraordinaires qualités. A l'apparition de ce Brummel de bas étage, le bonnet à poil du vieux Coppée se hérissa d'aise, M. Loti frémit de joie et d'amour sous la coupole et M. Lavedan chercha d'inédites ordures par quoi le Lorrain put lui exprimer sa sympathie. « Transfuge de Sedom », écrivit Laurent Tailhade. Ce fut, en effet, un essai d'acclimatation des mœurs chères aux socratiques philosophes des Grèces révolues. Il se trouve que notre époque exprime un avis contraire à ces tentatives et que M. Wilde, pour les avoir osées, se vit ignoblemen d'ailleurs, impartir d'injustes et vaines infamies, de par la stupidité des larbins enjuponnés. Il était juste après cela, tandis que ses qualités l'auréolaient d'une jeune et tendre gloire, de voir M. Jean Lorrain, endosser la livrée nationaliste et parader sur le tréteau grotesque et bouffon de l'ignoble « P. F. » Par là, sa platitude incommensurable se complétait et se magnifiait on veut croire. Et à nos yeux, cela nous semble atteindre au sommet de la domesticité et de la pleutrerie, pour nous qui avons proclamé l'ignominie des frontières et la honte des nationalismes. M. Jean Lorrain, nationaliste, n'avait plus rien à envier aux pieds-plats, aux larbins et aux cuisinières qui honorent les soirs de manifestations, le juif de la *Libre Parole* de leurs acclamations au rabais.

Tout cela fortifie mon opinion première qui me portait à considérer M. Jean Lorrain comme un inconscient. Mais cela ne suffit pas à excuser ses impardonnables écarts et ses cabrioles trop nombreuses. Les Dieux ne m'ont pas donné l'âme souriante et indulgente, qui portait M. Paul Masson, de joyeuse mémoire, à définir adorablement en quatre lignes l'auteur de *La Petite Classe :* « Nul ne s'entend comme M. Jean Lorrain à faire de grands gestes pour nous révéler en fin de compte de tout petits vices, presque aussi anciens que le déluge. Une tapette dans un verre d'eau (1) ». Il convient de juger plus sévèrement ce « valet de gloire » sur le compte duquel nombre de gens de bonne foi se sont trompés. Il convient surtout de dire l'influence

---

(1) P. Masson, *Regards littéraires d'un Yoghi*, la *Plume*, 15 mai 1895, p. 185.

néfaste et désastreuse sur les jeunes littérateurs de M. Lorrain et ses pareils. Il semble qu'en les qualifiant « chaussettes roses », Han Ryner ait trouvé pour eux le mot juste et précis. Avant d'aborder les œuvres de M. Raitif (pour les dames) de la Bretonne, il est peut-être intéressant de remettre sous les yeux du lecteur, le cas le plus amusant qu'on puisse imaginer et qui inspira à Laurent Tailhade, sa plus savoureuse, sa plus ironique et sa plus terrible *Lettre Familière à Raitif de la Bretonne, vendeuse au rayon des Botticelli (Maison Le Tellier)*, dont s'honore ce livre, d'âpre beauté et de noble courage qu'est *Imbéciles et Gredins*. Depuis quelques années, M. Jean Lorrain, avant de confectionner les romans de Madame la Comtesse de Pougy (noblesse de lit), avait accablé cette personne de ses appréciations assez peu flatteuses, dont je me fais une joie de donner ci-après quelques échantillons notoires : « ..... Demoiselle escamoteuse de la haute galanterie » — « Madame Liane de Pougy est allée à Saint-Pétersbourg porter la couronne des restaurants de nuit sur la tombe du Tsar » — « Mme Liane de Pougy est toujours en Russie où elle a fait le dernier *michet (sic)*. (1) — « Eleusis ! Eleusis ! nous avons à Paris un temple de la Bonne Déesse » (2). — « Liane de Pougy, une canne à pêche endiamantée ». (3) — Il semble que ce soient là de singuliers termes pour prouver envers

---

(1) *Poussières de Paris*. Fayard, édit. — Page 10, ligne 17 — Page 101, ligne 16 — Page 247. ligne 24.

(2) *Journal*, 21 décembre 1899.

(3) *Journal*, 24 juin 1901.

quelqu'un de grandes sympathies. A M. Lorrain, ils servirent à écrire pour Madame Liane de Pougy, un ballet *La Belle aux Cheveux d'Or* et *Watteau*. Mais le dernier cri du *smart* n'était pas encore atteint et M. Lorrain faisait annoncer son mariage avec la *demoiselle escamoteuse, canne à pêche*, etc., etc. (Voir plus haut). Et ce qui rendit ces jongleries encore plus piquantes, ce furent les réflexions faites par M. Lorrain sur les mariages Deschanel, Laparcerie et Péladan, dans le *Journal* du 5 mars 1901. Voilà l'homme qu'on a osé nommer un *« Maître »* un *« Poète »* et a qui d'obscurs crétins ou de sinistres cacographes en mal de réclame, ont tressé des couronnes et des lauriers qui ne méritaient certes pas cet outrage et cette indignité. On a parlé de la « probité littéraire » de cet acrobate. Il m'est regrettable de ne pouvoir citer le nom du formidable inconscient qui formula ces idées bizarres et dégradantes surtout pour les littérateurs qui, loin des vaines cohues et des trop chers confrères, travaillent dans le silence d'une glorieuse pauvreté, ou qu'on assassine comme le grand Elémir Bourges, cette victime de l'égoïsme journalistique.

« Probité littéraire ! » Le mot est délicieux, surtout quand on l'applique à M. Lorrain. Ses plagiats sont encore dans toutes les mémoires. Le peu d'habileté qu'il y mit est encore un argument en ma faveur quand je prétends M. Lorrain un inconscient. Car, il n'y a pas à s'en cacher, il faut une grande, très grande habileté pour le genre de sport dans lequel excella aussi à ses moments perdus, M. François Coppée (1). Et quand on songe aux nombreuses et fatigantes difficultés de cet exercice, on peut dire en le langage ordinaire de Georges Ohnet feuilletonnassier : « Le jeu n'en vaut pas la chandelle ».

Qu'il me suffise, pour revenir à M. Lorrain, de mettre ci-après, en regard du texte plagié, les lignes que suivait la délicate mention « Reproduction interdite », et que M. Duval daignait honorer de sa signature :

PARIS AUX CHAMPS

I

ÉCOLE BUISSONNIÈRE

Madame établit un piano dans les Alpes, des messes et des premières communions se célébrèrent aux mille autels des cathédrales, des caravanes s'en allèrent qui ne devaient pas revenir, et le splendide hôtel fut installé dans le chaos de glace et de nuit du pôle : ainsi vont les civilisations.

Depuis lors la lune entendit bien des nuits le vent malin des landes froissant la soie pourprée des digitales, et l'églogue en sabots grognant dans les vergers, puis, dans la futaie violette et bourgeonnante de sève, Annie me dit que c'était le printemps.

Jean LORRAIN.

Écho de Paris, sam. 10 août 1896

LES ILLUMINATIONS

I

Madame établit un piano dans les Alpes, la messe et des premières communions se célébrèrent aux cent mille autels de la cathédrale, des caravanes partirent . . . .

. . . .

Et le splendide hôtel fut bâti dans le chaos de glace et la nuit du pôle.

. . . .

Depuis lors la lune entendit les chacals roucoulant par les déserts de thym et les églogues en sabots grognant dans le verger.

Puis dans la futaie violette, bourgeonnant, Eucharis me dit que c'était le printemps.

Arthur RIMBAUD.
1886.

---

(1) Fragment de *Monte Cristo* d'Alexandre Dumas, mis en vers dans *Le Naufragé*.

Mais, admettons pourtant que M. Jean Lorrain ait une extraordinaire mémoire, admettons qu'il y ait dans ces fragments des réminiscences, et admettons encore qu'il n'y ait eu dans son acte, aucune idée de plagiat. Notre indulgence ne pourra néanmoins subsister après les rapprochements ci-après :

...C'est l'histoire d'un charretier en effet, de Raphaël, « le meneur de bêtes ». Sa naissance, son enfance, sa jeunesse, qui fait tout le sujet du livre. Mais, de même qu'il suffit à Velasquez de couronner de feuillages un rustre plein de force et demi-nu au milieu des mendiants pour que le frisson de Dionysos lui-même nous saisisse, de même il a suffi à M. Louis Bertrand de nous faire assister sous le soleil d'Afrique, au vivant épanouissement d'un jeune Algérien, d'origine espagnole, voluptueux et robuste têtu, bon et laborieux, pour que nous sentions toute l'émotion de la vie nous envahir et toutes les beautés d'un sang généreux se lever devant nous avec les simples apparences d'un être fraternel que l'on peut à chaque instant coudoyer dans la rue...

...Les Espagnols, les Italiens, les Provençaux et les Germains se ruent de nouveau sur cette terre d'Afrique, aussi épiques,

...Ce n'est pourtant que l'histoire d'un charretier, la simple vie d'un « meneur de bêtes », sa naissance, son enfance, et sa jeunesse... mais, de même qu'il a suffi à Velasquez de couronner de feuillages un rustre plein de force et de l'asseoir demi-nu au milieu des mendiants, pour que le frisson de Dionysos nous saisisse, de même, il a suffi à M. Louis Bertrand de nous faire assister sous le soleil d'Afrique au plein épanouissement d'un jeune Algérien d'origine espagnole, voluptueux et robuste, pour que nous sentions toute l'émotion de la vie nous envahir et toutes les beautés d'un sang généreux se lever devant nous, incarnés dans un simple batteur de routes, dans un être des rues coudoyé chaque jour...

...Il y a beaucoup d'étrangers dans le volume de M. Bertrand, des Espagnols, des Italiens, des Provençaux et des Germains, rués tous sur cette terre d'Afri-

dans le livre de M. Bertrand, que leurs ancêtres d'il y a deux mille ans, dans celui de Gustave Flaubert...

...Ils sont comme de grands enfants... Les hommes vrais restent toute leur vie semblables aux enfants, les cieux inconnus ne les tourmentent point, ils vivent tout entiers dans les joies que l'existence leur accorde. Ils ont la certitude de vivre et de bien vivre. Ils se développent comme la nature les a faits... Ils accomplissent leur fonction. Ils sont beaux. Parmi eux, lorsque la beauté des formes s'allie à l'énergie du cœur, se trouvent de véritables héros. Ils sont le grand réservoir des races.

Sur le roman de Louis Bertrand *Le Sang des Races*.

Joachim GASQUET.

Le Pays de France, 1ᵉʳ mai 1899

que comme il y a deux mille ans les Mercenaires, vers Carthage, les Mercenaires, leurs ancêtres, émigrés, eux aussi, les antiques Barbares, vers la joie et vers le soleil ; et comme les Mercenaires de Gustave Flaubert...,

...Ils sont comme de grands enfants et c'est notre admiration de les sentir tels, car les hommes vrais restent toute leur vie semblables aux enfants. Ils vivent tout entiers dans les joies que l'existence leur accorde, ils se développent comme la nature les a faits, et personne n'a le droit de les détourner de leur bonheur. Ils accomplissent leurs fonctions, donc ils sont beaux, et quand chez eux la beauté des formes s'allie à l'énergie du cœur, ils deviennent des héros. Ils sont le grand réservoir des races.

Sur le roman de Louis Bertrand *Le Sang des Races*.

Jean LORRAIN.

Le Journal, 14 mai 1899,

Et voilà l'artiste qu'est M. Jehan Lorrain, voilà le genre de littérature qu'il cultive avec l'habileté très médiocre qu'on lui connait. On remplirait, je suppose, avec facilité, quelques centaines de pages de ses plagiats divers de Rimbaud à Gasquet, en passant par

Balzac et Laforgue. Et c'est ce claquepatin qui s'érigea en critique souverain d'œuvres d'art! Après avoir cambriolé les morts, il bava sur les vivants. On connaît sa façon d'agir envers Francis Jammes et Toulouse-Lautrec, et on a encore assez à la mémoire les articles infâmes qu'il publia sur Madame Cora Laparcerie.

Quand, dans quelques années, on voudra étudier la dégénérescence d'une race et d'un peuple, les livres de M. Jean Lorrain seront de précieux documents sur l'ignominie où peut descendre une classe de snobs, de clampins, de nobles duchesses et de larbins littéraires.

M. de Phocas consigne la pourriture et la vie équivoque d'un certain monde. C'est là que M. Paul Duval s'est complu, la gangrène et les pustules charment son âme et trouvent en lui un adorateur passionné. C'est que M. Lorrain possède la haine de la santé, de la propreté et de la beauté. Cette haine se retrouve partout en ses livres, il n'y échappe pas. Il l'a d'abord affichée par snobisme et on sait finalement où elle l'a conduit. Quand je dis que M. Lorrain est le concierge de la littérature, il suffit pour s'en convaincre d'ouvrir les deux volumes des *Poussières de Paris* qui contiennent tous les cancans, les papotages et les insinuations recueillies dans les bars et les mauvais lieux journalistiques. Il est regrettable que tout cela puisse s'appliquer à l'écrivain qui nous donna ce conte exquis qu'est *M. de Bougrelon.* Et il faut alors déplorer l'attitude de quelques grands artistes, tels que MM. Henri Bataille et F.-H. Herold, qui consentent à frayer avec ce clampin et cet agent de publicité. C'est cette tolérance qui a doté notre littérature de ces essais d'art faisandé aux allures équivoques de putréfaction. Nous prétendons affirmer hautement que nous en avons assez de ces auteurs ignorants qui contribuent à faire rejaillir sur l'art la réprobation dont l'entourent les « bourgeois ». Les bagues curieuses et les cheveux longs ne suffisent pas à donner une originalité à un auteur. Il faut chasser l'air infectieux qui règne dans ces lieux malpropres. Quand nous aurons expurgé les grands contaminés du genre de M. Lorrain-Duval, nous donnerons le coup de balai salutaire parmi les autres claquepatins.

Il est entendu que nous n'avons rien de commun avec eux, mais leur présence n'en reste pas moins une honte dans l'art français. Il nous faut donc sans retard en débarrasser la littérature.

C'est une question de salubrité publique.

Hector FLEISCHMANN.

IMP. FRANÇAISE, J. DANGON, 123 RUE MONTMARTRE — PARIS

Contraste insuffisant

NF Z 43-120-14